LES PROGRÈS

DE L'ESPRIT HUMAIN.

Par Ph. Benoit,

LYON,
CATHOLIQUE LIBRAIRIE, PLACE DES JACOBINS,
ET CHEZ TOUS LES LIBRAIRES.
PARIS,
CHEZ SAGNIER ET BRAY, RUE DU PALAIS-ROYAL,

1840

Ye

2024

LES PROGRÈS

DE L'ESPRIT HUMAIN.

LES PROGRÈS

DE

L'ESPRIT HUMAIN,

POÈME

Par Ph. Benoît.

DE L'ACADÉMIE DE LYON.

LYON.

IMPRIMERIE DE L. BOITEL,

QUAI SAINT-ANTOINE, 36.

1840.

I.

Quand, d'un signe de sa puissance,
L'Eternel eût créé la matière et le temps,
Il assembla les éléments,
Leur dit : Soyez la terre ! Et la terre en silence,
S'abaissant sous le pied de Dieu,
Roula dans son orbite immense,
Comme un char, sous l'effort d'un coursier qui s'élance,
Roule sur son essieu.

A l'homme qu'il pétrit d'argile
Il dit : « Travaille, souffre et meurs ;
Fouille le sol où je t'exile ;
Il doit, pour devenir fertile,
Etre trempé de tes sueurs.

Mais, pour te consoler, je te laisse en partage
Le don de la pensée, immortel apanage
        De la force et de la grandeur ;
        Je te laisse l'espoir qui soutient le courage,
        La raison qui combat l'erreur.

        Mesure le temps et l'espace,
Au milieu de l'éther que ton regard embrasse,
Dans leurs cours inégaux suis les astres errants ;
        Commande à tous les éléments.
        Qu'à ta voix les monts s'applanissent ;
        Que les flots sous tes pieds mugissent ;
Par une double force apprends à les dompter ;
        Que les airs même t'obéissent !
        Je les condamne à te porter.

Par la pensée immortelle et féconde,
Que tout être créé soit soumis à ta loi .
Lève, lève ton front de roi !
Marche à la conquête du monde,
La route s'ouvre devant toi ! »

L'homme a-t-il obéi ? cette carrière immense,
Offerte à ses regards dans un long avenir,
A-t-elle lassé sa constance?
L'homme a-t-il pu la parcourir?

Pourquoi ces paroles de doute ?
D'où partent ces graves accents?
Quelle est cette voix que j'écoute,
Et ce langage que j'entends?

Vous qui m'interrogez, vous dont la voix exprime
Contre l'esprit humain un doute injurieux,
Parlez : et dites-nous, par quel effort sublime,
Des sons articulés, des mots ingénieux
Jettent votre pensée au milieu de l'espace,

Et comment, sous l'effort d'une constante loi,
Emportés par le vent qui passe,
Ils la transmettent jusqu'à moi ?

Cette science du langage
Dont la raison s'étonne encor,
Cet art de la parole, immortel héritage
Que chaque heure grandit et que le vent propage,
Commença, de germer le jour où, de la plage,
Vers le fleuve du temps l'homme prit son essor.

Ce fut le premier pas qu'il fit dans la carrière
Où l'entraînait sans guide, sans bannière,
Un irrésistible ascendant;
Pas immense, pas de géant,
Par qui l'esprit humain franchissant la barrière
De l'empire de la lumière,
Y déborda comme un torrent.

Mais la parole est fugitive...
Ce qu'en un jour recueille une oreille attentive,

Peut tomber en oubli demain.
Non, non, vaine terreur ! la parole est captive :
L'homme s'est armé du burin ;
Et bientôt, d'une main savante,
Saisissant la pensée, il l'incruste vivante
Sur le marbre et l'airain.

Vaste effort du génie ! art sublime ! art divin !...
Phare toujours visible à travers les nuages,
Par lui, l'humanité, calme au sein des orages,
A pu, loin des écueils, diriger son vaisseau,
Traverser l'océan des âges,
Et des siècles éteints rallümer le flambeau !

Telle, lorsqu'au matin la nature s'éveille,
On voit dans les vallons l'ingénieuse abeille
Mêler aux sucs des fruits mûris sous un beau ciel
Le parfum de la fleur vermeille,
Pour pétrir ses gâteaux de miel ;
Et tel, l'esprit humain, qui jamais ne sommeille,
Réunit sans relâche en un même faisceau

Les conquêtes du jour à celles de la veille,
Les palmes d'un vieux monde et d'un monde nouveau.

Pour lui, comme pour la nature,
Point de halte, point de repos :
Il marche ; et l'horizon s'agrandit et s'épure ;
Il marche, il suit sa route... il marche... et pour signaux
Il laisse à la race future
Les plus gigantesques travaux.

Reine d'un fastueux empire,
Ninive aux bords du Tigre étale ses remparts ;
Au désert se dresse Palmyre ;
Là, de Jérusalem les pieux étendards
Flottent sur la sainte colline
Où le prophète-roi, poète d'Israël,
Chantait sur sa harpe divine
Les louanges de l'Éternel.

Plus loin s'élève Babylone,
Sombre et glorieux souvenir !

Ici, sous la pourpre rayonne
Tyr, trop vaine d'une couronne
Que plus tard le temps doit flétrir ;
Et, là, sur les sables arides,
OEuvre de misère et d'orgueil,
Debout s'offrent les Pyramides,
Où, tant de rois, de gloire avides,
N'ont trouvé qu'un muet cercueil.

Lorsque, comme un torrent échappé de sa source,
L'astre éclatant du jour apparaît dans les cieux,
Les rives du Jourdain n'arrêtent point sa course,
    Il monte, toujours radieux :
Une invisible main a tracé la carrière
    Qu'il doit parcourir dans les airs,
Docile, il obéit, et répand sa lumière
    Jusqu'aux bornes de l'univers.
    Ainsi, la semence féconde
    Qui doit civiliser le monde,
    En grandissant l'humanité,
Au souffle du génie éclate et se disperse,
Et sur tous les climats, en passant, elle verse
    Les lois, les arts, la liberté.

L'empire de Cécrops surgit de la poussière :

Là, circule à grands flots le souffle créateur,

Là, de l'esprit humain l'éclatante bannière

Se déroule dans sa splendeur :

L'homme l'agite sur la Grèce,

Et debout est le Parthénon;

Le langage des Dieux, le miel de la sagesse

Coulent des lèvres de Platon.

Là, Zénon nous apprend à vivre.

Pour les peuples d'un jour et ceux qui doivent suivre

Ici, Solon dicte des lois.

Plus loin, Léonidas, épouvantant les rois,

Montre comment un peuple est libre ;

Là, Socrate inspiré, philosophe, martyr

De la vérité qui l'éclaire,

S'enveloppe de son suaire

Et pour elle enseigne à mourir.

Au souffle des beaux arts la Grèce rajeunie

Couronne de lauriers les bords de l'Eurotas,

Et les chefs-d'œuvre du génie,

Image de la paix après de longs combats,

Monuments de gloire éternelle,

S'échappent du pinceau d'Apelle

Et du ciseau de Phidias.

Adieu bords fortunés, adieu terre ennoblie
        Par les arts et la liberté !...
Le temps vole et m'emporte aux plaines d'Italie...
Sur les rives du Tibre un peuple est agité.
Que fait–il au Forum, au sein de ses comices ?
        Il consulte les aruspices !...
Et, sans laisser au temps le doux soin de mûrir
Le germe social qui lui vient de la Grèce,
Rome, comme un enfant aspirant à grandir,
Entre ses mains de fer prend ce germe, et le presse ;
Mais, au lieu de la vie, elle trouve l'ivresse
        Dans le suc qu'elle en fait jaillir.

        L'œil en feu, la tête hérissée,
        Le glaive ou la hache à la main,
        Et la poitrine cuirassée,
Rome court au dehors combattre la pensée
        Qui réchauffe son propre sein.
        Au bruit du clairon qui l'excite
        Elle assemble ses légions ;
Du haut du Capitole elle les précipite
        Sur le sentier des nations.
Un instant Rome alors semble perdre la voie
        Où doit marcher l'humanité ;

Sous son char de triomphe, en passant, elle broie
Les peuples et la liberté ;
Mais la pierre angulaire, où d'avance se fonde
L'édifice moral du monde,
Résiste à l'effort des Césars,
Et, sur ses pas sanglants, la victoire romaine,
Comme pour expier les fureurs du dieu Mars,
Chez les Barbares qu'elle enchaîne,
Allume le flambeau des arts.

Ainsi, lorsque du sein de la nue orageuse,
Roulant en longs échos s'échappe un bruit d'airain,
Et que le voyageur a perdu son chemin
A travers la nuit ténébreuse,
Si la foudre amassée éclate dans les airs,
Le voyageur surpris tremble, s'arrête, écoute ;
La flamme brille : il suit sa route
Guidé par le feu des éclairs.

Voici les temps prédits par Jéhovah lui-même !...
Rome tient à ses pieds l'univers enchaîné ;
Devant sa puissance suprême

Le front des rois est incliné.

La colère est sans voix, la douleur sans murmure,

Le silence est partout, et partout la nature

Semble prêter l'oreille à de lointains échos,

Partout règne un profond et sublime repos.

Le monde va-t-il se dissoudre?

Dieu va-t-il apparaître, escorté de la foudre,

Et frapper les pervers ?

Cette heure solennelle et sainte,

Cette heure qui vibre et qui tinte

Sur ce morne et pâle univers,

Que vient-elle annoncer à la terre craintive?

Qu'attend l'humanité captive ?

Un enfant qui brise ses fers.

Il est né. Verbe chair, Jésus-Christ, Dieu fait homme,

Pour la terre a quitté les cieux.

Il meurt, sa tombe s'ouvre, et l'orgueilleuse Rome

Voit tomber ses faux dieux.

Il meurt ; mais sa parole immuable et féconde,

Couvrant la voix des éléments,

Du culte du vrai Dieu pose les fondements,

Et change la face du monde.

Loi d'amour et de charité,

Sa loi renverse l'esclavage :

Interprète du Dieu dont lui-même est l'image,

Il proclame la liberté,

Il rappelle aux mortels, dans son divin langage,

Les saints droits de l'humanité.

Je vois Rome déjà chancelant sur sa base ;

Déjà, les nations que son pouvoir écrase,

S'agitent sourdement sous le poids de leurs fers.

Tout à coup une voix a réveillé la terre ;

Cette voix, qui mugit jusqu'au fond des déserts,

Crie aux peuples : Debout ! levez-vous ! guerre ! guerre !

Marchez, les chemins sont ouverts !...

Et, pour exciter leur courage

Contre le colosse romain,

Cette voix les convie au brillant héritage

Des dépouilles du genre humain.

Les temps sont accomplis... Ivre au sein de la gloire,

Et posant un pied nu sur le seuil de l'histoire,
Le Barbare étonné contemple avec stupeur
Près du Forum détruit le dieu de la victoire,
Ou le regard muet de Jupiter vengeur.
Les foudres ne sont plus dans les mains de l'idole,
Le Christ a renversé le culte des payens;
Au nom du Dieu vivant qui punit et console,
    Les Barbares se font chrétiens.

II.

Une ère nouvelle commence.
Combien d'heures, de jours, de siècles ont passé!
D'un regard attentif consultant le passé,
Devant lui, pas à pas, l'esprit humain avance;
Le germe du progrès est longtemps à mûrir!
L'homme averti le sème au champ de l'espérance,
La moisson est dans l'avenir.

Contemplez ce nocher dont la voile brillante
S'incline, au gré des vents, sur l'abîme des eaux ?
Son ame est grande et forte, et de sa voix puissante
    Il semble maîtriser les flots.

    Dans sa noble ardeur il aspire
    Au sceptre de l'humide empire,
    Tout doit céder à ses efforts;
Mais, vient–il à franchir les colonnes d'Hercule,
    Son audace expire; il recule
    Devant un Océan sans bords.

    Que manque–t–il à son courage
    Pour s'élancer, loin du rivage,
    Sur l'immense espace des mers ?....
Un magnétique acier qui lui montre le Pôle.
Il t'obtient. Flévio découvre la boussole.
    Colomb un nouvel univers.

Ta gloire, heureux Colomb, bravera les tempêtes
Des siècles endormis au sein de l'avenir;
Ta renommée, immense autant que tes conquêtes,
    Désormais ne saurait périr.

Eh ! cependant, il est une gloire plus belle
Que celle qui ceignit ton front de lauriers d'or !
Il est une conquête humble, mais immortelle
    A qui ton nom doit son essor ;
    Conquête toute plébéienne,
    Elle avait devancé la tienne
    Pour la défendre et protéger.
Colomb, n'entends-tu pas une voix qui te crie
« Par de lâches clameurs si ta gloire est flétrie,
    Je serai là pour te venger ! »
Cette voix qui s'élève alors que tu succombe
    Malheureux et persécuté,
C'est la voix de la Presse ; elle brise ta tombe,
    Et t'ouvre l'immortalité.

Pâle d'abord, comme un rayon d'automne,
Faible, comme un roseau qu'un souffle fait plier,
La parole, jetée en des moules d'acier
    Que l'art de Guttemberg façonne
    Au sein d'un modeste atelier,
En remonte en faisceaux éclatants de lumière ;
Un moule a transformé sa faiblesse première
    En un formidable levier.

Gloire à toi, Guttemberg ! gloire à l'œuvre féconde
Par qui l'humanité doit se régénérer !
Ah ! sans doute, il est beau de conquérir un monde,
    Il est plus beau de l'éclairer !

    Ce fut dans un jour de clémence,
Dans une heure propice aux vœux du genre humain,
    Que la terre, entr'ouvrant son sein,
    A la Presse donna naissance !
Par elle, la pensée, invisible puissance,
Des siècles et des lieux dévorant la distance,
    Multipliant ses ailes d'or,
Parcourt, sans se lasser, l'un et l'autre hémisphère,
    Et, dans son noble et vaste essor ;
    Jusques aux bornes de la terre,
    Flambeau moral des nations,
    Elle fait germer l'espérance
    Sous l'heureuse et douce influence
    De ses innombrables rayons.

La Presse embrasse tout, c'est l'histoire vivante
    Des combats de l'esprit humain,

Qu'elle-même, attentive et d'une plume ardente,
      Burine sur l'airain;
Et si, parfois, trompant son trop fougueux délire,
      La page du jour se déchire
        Ou faillit sous sa main,
Prophétique Clio que l'avenir inspire;
Elle poursuit son œuvre, et, muse, ose prédire
      La page du lendemain.

La Presse, c'est le peuple avec ses cris d'alarmes
      Signalant au loin le danger;
C'est le peuple debout et préparant ses armes
      A l'approche de l'étranger.
Au dedans, c'est la force unie à la prudence,
Parmi les grands pouvoirs prenant place aux tournois;
Là, son noble langage, et même son silence
      Sont mis dans la balance
      Où se pèsent les lois.

Oh! ce fut un beau jour pour la nature humaine
Que le jour où l'on vit, pour la première fois,
La Presse, le sein nu, s'élancer dans l'arène

Où, sanglants, s'agitaient les peuples et les rois;
Et, le regard rempli d'une mâle assurance,
Élevant tout à coup sa formidable voix,
Dire aux premiers : Pour vous, là, le devoir commence;
Aux seconds : C'est ici que finissent vos droits!...

La Presse, du passé nous retrace l'image;
Par elle, tout vit, tout surnage;
Par elle, chaque jour, nos avides regards
Peuvent, dans une ardeur fiévreuse,
Suivre la route audacieuse
Où marchent confondus les sciences, les arts.

Voyez se déployer l'aile de ce génie,
Qui, du fond de la Germanie,
Paraît à l'horizon brillant et radieux !
Rival heureux de Ptolémée,
Sa vaste renommée
Enveloppe la terre et se perd dans les cieux.
Copernic est son nom : le compas d'Uranie
Est guidé sans effort par sa puissante main;
Devant lui le ciel s'ouvre, il s'élance, et soudain

Mesure l'orbite infinie
Où roulent tous ces corps, astres majestueux
Qu'une force inconnue anime,
Pousse tour à tour ou comprime
Dans un cercle éternel comme eux.

A travers la céleste voûte,
Par l'effort de sa volonté,
De ces corps brillants de clartés
Copernic a marqué la route :
Des déserts de l'espace il cherche le milieu;
Et, par un noble essor, il s'élève, il avance
Jusqu'au centre où la main de Dieu
Suspend dans le vide et balance
Son immense globe de feu.

Il descend, et revient, la tête couronnée,
Apprendre à l'Europe étonnée
L'harmonie établie au céleste séjour;
Il enseigne comment se meuvent tour à tour,
Sous l'immuable loi du Dieu de la nature,

Mars, Jupiter, Saturne et la Terre et Mercure,
L'astre pâle des nuits et le flambeau du jour.

Oh ! qu'elle marche noble et fière
Suit désormais l'humanité !
Les limites de sa carrière
Sont celles de l'immensité !
Partout, quelle grandeur, quels sublimes spectacles !
Un univers nouveau s'ajoute à l'univers ;
Du Dieu de la science annonçant les oracles
La Presse vole dans les airs ;
Devant nous les cieux sont ouverts,
Et cinquante ans ont vu s'accomplir ces miracles !

Guttemberg, Coppernic et Colomb ne sont plus !
Mais que l'avenir se rassure !
Les moules où furent fondus
Ces noms, orgueil de la nature,
Ces moules d'or n'ont point été rompus !

Ici, je vois Kepler, sur les pas des comètes

Avec elles décrire une ellipse sans fin,
Et faire évanouir les alarmes secrètes
Qu'inspiraient autrefois au pâle genre humain
Ces astres chevelus, mensongers interprètes
  De la colère du destin.
Là, dans ses tourbillons Descartes m'enveloppe,
Mais sa philosophie éclaire ma raison.
Cassini, l'œil armé d'un puissant télescope,
  Découvre un nouvel horizon :
  Il recule encore les limites
  De l'immensité de l'éther,
  Et nous montre les satellites
  Qu'attèle à son char Jupiter.

Enfin, dans Galilée, esprit vaste et sublime,
De l'immortel Newton je vois le précurseur ;
En lui je vois aussi l'innocente victime
  Du fanatisme et de l'erreur ;
  Mais, en vain, un juge farouche
  Dicte le mensonge à sa bouche
Et condamne la terre à l'immobilité,
J'aperçois le vieillard, à genoux sur la pierre
  Où l'a courbé l'iniquité,
Se relever, saisi d'une sainte colère,
Et, devant ses bourreaux, du pied frappant la terre,

Rendre hommage à la vérité !

La vérité !... quel est l'interprète suprème

Dont elle a reconnu la voix ?

Pour sonder la nature et découvrir ses lois

Sur quel mortel le ciel lui–même

A-t-il laissé tomber son choix ?

Ce nom !... l'histoire le proclame...

L'écho des nations l'apporte jusqu'à moi ;

Honneur du genre humain , le monde le réclame ,

Gloire à toi , Newton ! gloire à toi ! ! !

Qui m'indiquera les limites

Que l'homme ne doit point franchir ?

Quelles bornes lui sont prescrites

Dans l'impénétrable avenir ?

Pareil à ces fleuves superbes

Qui d'abord , ignorés , couverts de mousse et d'herbes,

Vont ensuite , géants , s'éteindre au sein des mers ,

Remontent aspirés par le souffle des airs ,

Retombent sur les monts et reprennent leur course ,

L'esprit humain doit-il retourner vers sa source

Après avoir , un jour , embrassé l'univers ?

D'un suprême pouvoir tout reconnaît l'empire,
Je sais jusqu'où, dans l'air, s'élève l'aigle altier,
      Et la science peut nous dire
Où cessent de fleurir la mousse ou le dattier ;
Les mondes, dont Newton calcula la vitesse,
      Dans leur orbite sont bornés ;
Vers un centre commun ils gravitent sans cesse,
Sous l'immuable loi qui les tient enchaînés ;
Mais ce qui nous servit, mais la pensée humaine,
      Qui la captive et qui l'enchaîne ?
      Rien. Emanation de la divinité,
      Pur rayon que, dans sa bonté,
Laissa tomber sur nous sa puissance éternelle,
L'immortelle pensée est sans bornes comme elle
      Et marche dans sa liberté !

      Je lis inscrit sur sa bannière
      Ce mot : Civilisation.
Fière de cette grande et sainte mission,
      Son influence tutélaire
Ne se concentre pas sur un point de la terre,
      Sur Lutèce ou sur Albion ;
      Elle marche, et, partout, sa route
      Garde l'empreinte de ses pas ;

Au triomphe d'hier celui du jour s'ajoute,
Et je vois, noble fruit des plus nobles combats,
Le progrès social, par elle, goutte à goutte,
Pénétrer dans tous les états.

III.

J'ouvre les pages de l'histoire,
Devant moi quel siècle est debout?
Que vois-je?... un même nom partout....
Un monarque despote, enivré de sa gloire,
Envahira-t-il seul le temple de mémoire?...
Louis, à l'avenir semble parler en roi
Et dire avec orgueil : « *Le siècle entier, c'est moi.* »
Mais, pour justifier ce superbe langage,

Dans la postérité quelle place l'attend?
En vain du nom de *grand* quelques muses à gage
Ont salué son fastueux passage,
Ah! c'est le siècle qui fut grand!!

Au milieu des guerres fatales,
Des intrigues et des cabales
Dont l'Occident eut à gémir,
L'effort de la pensée en tous lieux se révèle;
Le choc des bataillons, force matérielle,
Ne peut un instant l'affaiblir;
Et tandis que l'Europe en combats se consume,
Le flambeau des arts se rallume
Aux éclairs que l'orage en passant fait jaillir.

Les beaux jours de Rome et d'Athène,
Présage de la liberté,
Sur le rivage de la Seine
Se lèvent brillants de clarté!
Les nobles filles d'Aonie
Ont fui le berceau d'Apollon;

Pour elles le sacré vallon
Est où réside le génie.

Tronc puissant que le temps couvrira de rameaux,
Là, Corneille et Racine ennoblissent la scène ;
Leurs sublimes accents consolent Melpomène,
    Sophocle compte deux rivaux.
Plus loin, je vois Puget : le marbre ou le porphyre,
Frémissant à l'aspect du Phidias nouveau,
    Prend un corps, s'anime, respire,
    Et se dresse sous son ciseau.
    De Cicéron, de Démosthène
    Si la voix tribunitienne
    A subjugué l'antiquité,
    Du haut de la chaire chrétienne,
    Apôtres de la vérité,
Bossuet, Fénélon, rivaux de tolérance,
    Ont foudroyé l'iniquité,
Et conquis, par leur sainte et sublime éloquence,
    Une double immortalité.
De Phèdre, La Fontaine a surpassé la gloire.
Euclide est deviné par le puissant Pascal.
Molière... mais ce nom est à part dans l'histoire,
Il n'eut point de modèle et reste sans rival.

Le Poussin fait renaître Apelle;
Horace revit dans Boileau ;
Et de Pindare, aimé par le vainqueur d'Arbelle,
Résonne la lyre immortelle
Dans l'exil où languit Rousseau.

A ce grand mouvement l'Europe s'associe.
Mais bientôt disparaît le siècle des beaux arts ;
Le temps l'emporte, et la philosophie,
Depuis deux mille ans obscurcie,
Relève enfin ses étendards.

Elle combat par la parole,
Au nom de droits sacrés trop longtemps oubliés,
Le despotisme, aveugle idole,
Qui tient l'univers à ses pieds.
Elle-même allume le phare
Qui doit guider l'humanité
A travers la nuit sombre où le destin barbare
Semble égarer la liberté.

Mais ce phare brillant que l'univers admire
Luira-t-il encore demain ?
S'il allait s'éteindre en chemin !...
Heureux l'homme si son navire,
Poussé par le vent de l'orgueil,
De la folie et du délire,
Ne se brise sur un écueil !..

Les jours sont assombris : l'orage s'amoncèle
Sous le ciel des deux continents :
A l'horizon déjà la tempête recèle
L'indépendance dans ses flancs ;
Mais sa voix d'où partira-t-elle ?...
Un peuple jeune encor et le dernier admis
Au banquet légal des esclaves,
Ce peuple, le premier va briser ses entraves,
Et de la liberté pousser les premier cris.

L'éclair brille ; la foudre gronde :
Un bruit sourd traverse les mers,
Ecoutez ! c'est le Nouveau Monde
Qui se révèle à l'univers !
Non plus comme en ce jour, où crédule et timide,

Il tombait aux genoux de l'Espagnol avide
En le gorgeant de monceaux d'or,
Mais, comme un peuple libre et fier de son courage
Qui n'a que du fer pour trésor,
Comme le jeune aiglon qui, battu par l'orage,
De son aile, en montant, frappe encor le rivage
Et vers les cieux prend son essor.

Ce n'est plus, désormais, cette terre avilie
Que le triste Indien arrosait de ses pleurs;
C'est un peuple de travailleurs,
Race dès longtemps ennoblie
Qui s'impose elle-même et des lois et des mœurs,
Accepte tous les arts de l'Europe vieillie
Mais repousse ses oppresseurs.

Sur le vieux monde aussi tout s'agite et fermente;
L'orage a traversé les flots de l'Océan:
En vain l'humanité, d'une voix déchirante,
Annonce de loin la tourmente,
Ce monde dort sur un volcan.

Ah ! si dans ces guerres lointaines
Qui sur nous devaient réagir,
Et d'où Wasington fit surgir
Les libertés américaines,
Les rois n'ont vu qu'un jeu d'enfants,
Voici la lutte des géants !
Deux ennemis sont en présence,
Acharnés, terribles, puissants.
Quels sont-ils ? L'Europe et la France.

Là, demi-nu, je vois un peuple de soldats
Préludant par l'orgie à de vastes conquêtes,
Respirant aujourd'hui le parfum de ses fêtes,
    Demain, l'ivresse des combats.
Le signal est donné : les rois, dans leur colère,
Ont osé menacer le lion populaire ;
Ils provoquent la France, et la France est debout.
Elle marche ; la foudre éclate à son passage,
    La victoire est dans son courage,
    Le champ de bataille, partout.

Un homme sorti du cratère

Du volcan révolutionnaire,

Ame de bronze et cœur de feu,

Un homme, l'un de ceux qu'en vingt siècles à peine

Jette armé sur la race humaine

La redoutable main de Dieu ;

Un homme est là, pensif ; sur le sort de la France

Son regard d'aigle est arrêté :

Il calcule sa force et d'un bond il s'élance

Sur le char de la liberté.

La déesse était nue, il la couvre de gloire ;

Puis, semblable lui-même au Dieu de la victoire,

Il lance violemment son char

Contre les trônes de l'Europe ;

Mais bientôt, en chemin, le moderne César

Sur la foi de son horoscope,

Brise l'étai de sa grandeur.

La liberté lui crie en vain : malheur ! malheur !

Pour étouffer sa voix le soldat l'enveloppe

D'un triple manteau d'empereur.

Il poursuit sa course fatale

Comme un astre soumis à d'invisibles lois ;

D'une main, en courant, il terrasse les rois,

Et de l'autre, au fronton de chaque capitale

Il grave ses sanglants exploits.

De même qu'un torrent, sur le sol qu'il inonde,

Passe, et laisse après lui, pour tribut de son onde,

D'infertiles sillons qu'a creusés sa fureur,

Du fer de son épée il laboure le monde

Semant la haine et la terreur.

La vengeance a sonné l'heure des représailles.....

Je n'entends plus, déjà, le bruit de l'ouragan,

Tout dort. Qu'est devenu le géant des batailles?...

Demandez au vaste Océan !...

Sur un rocher désert, il expire, il succombe,

Léguant à tous les rois la terreur de son nom,

Aux flots orageux une tombe

Avec ce mot : Napoléon.

Quels fruits a recueillis la terre

De cette lutte horrible et sublime à la fois,

Où, sans cesse croyant combattre pour ses droits,

Chaque peuple, abusé sur le but de la guerre,

Ne combattait que pour des rois?

Telle est l'invincible püissance
De cet amour d'indépendance
Dont la divine flamme embrâse tous les cœurs,
Que, pour vaincre un seul jour la France
Et la bannière aux trois couleurs,
On vit le despotisme, orgueilleux et farouche,
Laisser échapper de sa bouche
Une promesse d'équité ;
Et, pour renverser les entraves
Dont lui-même était garotté,
Ranimer la fureur de cent peuples esclaves
Aux cris : liberté ! liberté !

Ils attendaient alors !... ils attendent encore !...
De la Sprée au Volga, du Danube au Bosphore,
Scythes, Daces, Germains se sont-ils rendormis
Aux premiers rayons de l'aurore ?...
Ces biens, attendus et promis,
Quel soleil doit les faire éclore ?
Par la force toujours seront-ils arrachés ?
Non, non, le monde marche au but, et Dieu le mène ;
Chaque jour voit briser un anneau de la chaîne
Où les peuples sont attachés.

Lorsque le vent mugit et que la foudre gronde,
La fauvette s'abrite et suspend ses concerts :
On ne voit point alors s'élever dans les airs
      L'alouette joyeuse et blonde,
Le cygne mollement se balancer sur l'onde,
      Ni l'alcyon raser les mers.
      Ce n'est point quand souffle l'orage
      Qu'on voit la fleur s'épanouir,
Ou que le papillon desserre son corsage
Pour déployer dans l'air ses ailes de saphir.....
Dans les vastes forêts, la biche aérienne
N'attend pas, pour bondir, la meute du chasseur,
      Ni l'épi, pour dorer la plaine,
      La faucille du laboureur.

      Ainsi, ce n'est plus par la guerre,
      Ce n'est plus le glaive à la main
      Que désormais le genre humain
      Prétend accomplir sur la terre
      Son œuvre sublime et divin.

      Il est une force nouvelle

Remise aux mains des nations,
Qui doit faire tomber ou fléchir devant elle
L'arme des révolutions.

Il est une route brillante
Offerte enfin à nos regards,
Et qu'après une longue attente,
Creusent, d'une main patiente,
La paix, l'industrie et les arts.

Champ fertile, source féconde,
Cette voie embrasse le monde,
Comme le temps embrasse l'avenir,
Et, des pôles glacés à la zône torride,
Soit qu'il dorme couché sous la tente numide,
A l'ombre des cités, ou sous le chaume humide,
Tout peuple doit la parcourir.

Mais, avant ces sombres journées
Où les heures étaient sonnées

Par le timbre aigu du tocsin,

Où les tempêtes populaires

Comme des arrêts du destin

Passaient sur les deux hémisphères,

Déjà plus d'une étoile apparaissait aux cieux.

Déjà, plus d'un génie ardent, audacieux,

Préparant l'avenir de la race future,

Soulevait, en secret, les plis mystérieux

Dont s'enveloppe la nature,

Et, vainqueur dans la lutte, après de longs combats,

De ses victoires immortelles

Jalonnait les routes nouvelles

Où l'homme porte enfin ses pas.

Ainsi, je vois Francklin arracher aux nuages

L'invisible pouvoir qu'enfantent les orages

Après un brûlant jour d'été.

Cet élément de feu, jusqu'alors indompté,

Une tige d'acier va seule le dissoudre ;

Francklin parle : à sa voix, ô prodige ! la foudre

Soudain cède à sa volonté ;

Les sources même du tonnerre

Glissant sur la tige légère

Qui les attire et les conduit,

S'écoulent des cieux sur la terre,
Mystérieuses et sans bruit.

Ici, de Montgolfier j'admire les conquêtes;
Et, tandis que flottant au dessus de nos têtes,
L'aérostat léger se dérobe à nos yeux,
Je vois Charle et Robert, jeunes audacieux,
S'élancer, sans pâlir, sur la mer éthérée,
        Voler vers l'empirée
        Et s'approcher des Dieux!

Muette de stupeur, l'humanité contemple
Ce spectacle à la fois terrible et solennel!
        Un simple et courageux mortel
Réalise, à ses yeux, le fabuleux exemple
D'un orgueilleux Titan escaladant le ciel.

Là, sans guide, marchant dans une route obscure,
Le hardi Vaucanson observe la nature,
        Découvre ses secrets ressorts,

Et, des êtres vivants imitant la structure,
Rival de Prométhée, il anime les corps.

Il prépare ainsi, par ses veilles,
Ce siècle éclatant de merveilles
Où l'homme, avec impunité,
Brisant la dernière barrière
Qui, jusqu'alors l'eût arrêté,
Pour la première fois imprime à la matière
Et sa force et sa volonté;
Invente et met en jeu ces machines puissantes
Aux mille bras d'airain,
Semble leur dire : « Allez ! maintenant, et demain,
Et toujours, à ma voix soyez obéissantes ;
OEuvre de mon génie, observez-en la loi !
Marchez, filez, tissez sous des règles constantes !
Le travail est pour vous, le repos est pour moi.

Vient enfin Lavoisier : il saisit, il embrasse
L'invisible Océan répandu dans l'espace,
Le pèse, le réduit,
Courbe sous ses efforts la nature rebelle,

Et, puissante comme elle,

Sa main recompose ou détruit

Ces flots d'air où nage le monde;

Puis, pour rendre à jamais féconde

Une œuvre dont le temps doit recueillir le fruit,

Sur ce premier succès, sur ce triomphe immense

Obtenu sur les éléments,

De la Chimie, immortelle science,

L'immortel Lavoisier pose les fondements

IV.

Voici le siècle des prodiges !
Il est là, fascinant nos yeux par des prestiges,
Il est là, marchant devant nous.....
Place, place pour lui dans l'histoire des âges !
Siècles futurs, soyez jaloux !
Et vous, siècles passés, si vains de vos ouvrages,
Renaissez et prosternez—vous !
Plus forte, mille fois, que la voix du tonnerre,
J'entends sa grande voix rouler en longs échos

Dans les entrailles de la terre.
Là, sont creusés ses arsenaux.
Il commande : et, pareil à ces dieux infernaux
Dont les rayons du jour fatiguaient la paupière,
Plongé dans des flots de poussière,
Un peuple, ennemi du repos,
Fouille le sol rebelle, et des flancs de la mine
Sa main puissante déracine
La houille et les métaux.

Voilà les éléments de cette force immense
Que le siècle étale à nos yeux.
L'eau, le fer et le feu, voilà de sa puissance
Les trois ressorts mystérieux.
C'est en posant le pied sur leur base féconde
Que le siècle a pris son essor :
Par ce triple levier il soulève le monde
Pour l'asseoir sur un pivot d'or.

Désormais devant lui tout obstacle s'efface :
Siècle assis sur l'airain et mu par la vapeur,
Tout cède à sa puissance, et chaque heure qui passe

Atteste sa grandeur !

Où va-t-il ? quelle main bornera sa carrière ?...

Qui peut dire ou prévoir sa conquête dernière ?

C'est le secret de Dieu.

Il avance saisi d'un sublime délire,

Et dans le vol hardi que je lui vois décrire

Il m'apparaît comme un navire

Au corps de fer porté sur des ailes de feu !

Le fer, image de la guerre,

Que tout siècle en tombant dans l'éternelle nuit

Lègue, comme un présent fatal, héréditaire,

Au siècle qui le suit,

Le fer, si longtemps le symbole

Des malheurs de l'humanité,

Se transforme en or du Pactole

Sous les flots du torrent où le monde est jeté.

De ses maux désormais il console la terre :

Richesse inépuisable au milieu de la paix.

Et du siècle qui nous éclaire,

4

Il n'est plus seulement une arme de colère
Mais un instrument de progrès.

Sortant de la fournaise ardente
Colonne solide et brillante,
Là, de nos monuments il soutient le fardeau;
Il orne leurs frontons, il forme leurs portiques,
Revêtu des formes attiques
Qu'au marbre imprime le ciseau.

Là, de nos vieilles basiliques,
Séjour de la prière et des saintes reliques,
D'où l'homme vers le ciel élève ses accents,
Ce métal, pieux et sonore,
Le fer, de nos saints lieux vient remplacer encore
Les dômes qu'a détruits le temps.

Par un cable de fer sont liés les deux mondes :
L'industrie à jamais les a tous deux unis.
Sur des conques de fer, balloté sur les ondes,

Je m'endors au bruit du roulis,
Et dans les airs qui les balancent
Sur des tresses de fer s'élancent
Nos ponts élégants et hardis.

L'homme, pour atteindre plus vîte
Son dernier et sublime gîte
Terme du progrès social,
Pave de bandes de métal
La route où le char qui l'entraîne,
Glisse comme sur une arène
Coulée en ciment de cristal.

Ainsi, l'oiseau léger qui passe,
Vers de tièdes climats chassé par les hivers,
S'éloigne sans laisser la trace
De son voyage dans les airs.

Mais, sur ces routes fabuleuses
Ou sur ces mers au flot mouvant

Quelles forces mystérieuses
Poussent l'univers en avant ?
Contre ce navire sans voiles,
Fendant l'onde au feu des étoiles,
L'orage oppose un vain effort ;
Sa fureur impuissante expire :
Vent debout, le léger navire
Entre triomphant dans le port.

Du char qui passe dans la plaine
Rapide comme l'épervier
Couvert de sueur, hors d'haleine,
Où donc est le fougueux coursier ?

Le voici : C'est un être issu de l'industrie
        Et du génie humain ;
Monstre créé dans un jour de féerie,
Sans yeux, gueule béante, aux corps et bras d'airain,
        Dont la puissance formidable
        Fait croire aux géants de la fable,
Monstre toujours hurlant, ou la soif, ou la faim.

L'eau l'abreuve, le feu le nourrit et l'excite,

Et, dès que la chaleur emplit ses vastes flancs,

Soulevant ses longs bras, il s'anime, il s'agite,

    Puis, devant lui se précipite,

    Comme la lave des volcans ;

    Entraînant tout sur son passage,

    Il fait retentir le rivage

    D'un cri sauvage et déchirant,

Et, les naseaux enflés et la gueule enflammée,

Arrive au but couvert de l'épaisse fumée

    Qu'il vomit en courant.

    Ce monstre puissant et bizarre,

    A qui l'antiquité barbare

Eut donné pour séjour les antres de Pluton,

N'est plus, dans le siècle où nous sommes,

    Qu'une œuvre de la main des hommes,

    Machine à vapeur de Fulton.

V.

Des siècles à venir que le présent féconde,
    Je lis d'avance les destins :
Deux forces désormais agissant sur le monde
    Vont guider ses pas incertains.

L'une, comme un torrent échappé de la source

D'où le flambeau du jour nous verse ses rayons,
Pouvoir moral, la Presse, échange, dans sa course,
Les flots de la pensée entre les nations.

Au souffle divin qui l'inspire,
Depuis quatre cents ans étendant son empire
Il rattache la terre au ciel.
L'autre, pouvoir matériel,
Géant au sortir de l'enfance,
Principe civilisateur,
A travers le globe s'avance
Sous l'image de la vapeur.

Ces deux pouvoirs féconds que le siècle rassemble,
Nés d'éléments divers, mais grandissant ensemble,
Parcourant le même chemin,
Ame et corps, substance et lumière,
Un jour, sous la même bannière,
Rallieront le genre humain.

Si, parfois, dévoré d'une ardeur inquiète,

L'homme, né pour la gloire, à la gloire a failli ;
Si, laissant de ses mains tomber l'œuvre imparfaite,
  Avant le temps il a vieilli ;
Du feu qui l'embrasait s'il vit tarir la source;
Si, plongeant ses regards dans la postérité,
Au milieu de la route il suspendit sa course,
Comme un coursier fougueux, tout à coup arrêté,
Ce n'est pas qu'au repos il immolât sa gloire,
Son pied robuste et fort n'était point affaibli,
Mais isolé, mais pauvre, et doutant de l'histoire,
Incertain si son nom, par lui-même ennobli,
Trouverait place, un jour, au temple de mémoire;
  L'homme trembla devant l'oubli.

Ces temps ont disparu. Ravissante harmonie
La grande voix du siècle, annonçant l'avenir,
Montre une palme auguste à qui veut la cueillir,
  Et l'oubli, terreur du génie,
L'oubli, ce spectre affreux, fantôme redouté,
Précurseur de la mort dont il s'est fait l'image,
A tout nom qui grandit laisse un libre passage,
  Et fuit épouvanté.

Le mouvement !... voilà la loi suprême
Qu'imprima l'Éternel à tout ce que je voi;
Tout se meut, et l'homme lui–même,
L'homme orgueilleux qui doute et met tout en problème,
    Subit cette immuable loi.

La route qu'il parcourt sous un ciel d'espérance
Dont le vaste horizon s'agrandit par degrés,
    Est celle de l'intelligence ;
La force qui préside à sa noble existence
    Est la grande loi du progrès.

Ainsi, vers le zénith de la raison humaine
Entraînés, nous montons toujours, sans perdre haleine,
    De génération en génération;
    Partout des traces de lumière
Apparaissent encor à travers la poussière
Qui couvre le berceau de chaque nation ;
Et tout siècle, à son tour, par un destin propice,
    Pose sa pierre à l'édifice
    De la civilisation.

L'édifice a grandi sous l'effort des années,

Mais, plus majestueux il s'élève aujourd'hui :

La Presse, pour remplir ses vastes destinées,

    N'attendait qu'un nouvel appui.

    A cette reine de la terre

    Il fallait un auxiliaire

    Toujours debout, prêt à s'armer ;

Il fallait un pouvoir prêt à tout entreprendre,

Esclave du progrès, aussi prompt à répandre

    Qu'elle même est prompte à créer.

Quel noble et vaste champ ouvert à l'espérance !...

    Quel avenir plein de grandeur

    Germe au sein de cette alliance

    De la presse et de la vapeur !

    Debout ! vous dont la vue embrasse

    Les siècles où nage le temps,

    Qui, du passé suivant la trace,

Du jour qui luit calculant les instants,

    Marquez à l'avenir sa place !

Debout, vous dont le cœur, par l'instinct agité,

A foi dans le progrès de la pensée humaine,

  Voit l'univers rompre sa chaîne

  Et conquérir sa dignité.

Et vous, de la raison sublimes interprètes,

  Vous qui, sur vos conquêtes,

Posez les fondements d'un empire nouveau,

Levez-vous et marchez !... Rentrez dans la carrière;

Et de la vérité qui luit et vous éclaire

  Agitez le flambeau !

Au monde esclave encor que votre voix console,

  Annoncez un meilleur destin;

Laissez tomber sur lui, comme un germe divin,

  Le germe de votre parole,

  Partout la terre ouvre son sein.

Mais, que dis-je ? mes sens sous l'empire d'un songe

  M'abusent-ils sur l'avenir ?

Lorsque ma voix prédit ce qui doit s'accomplir

Est-elle l'écho du mensonge ?
N'est-il plus désormais d'obstacles à franchir ?

L'Océan n'a-t-il plus d'abîmes,
Ni la terre plus de déserts ?
Les monts ont-ils courbé leurs cîmes,
Et d'un manteau glacé ne sont-ils plus couverts ?
Dans leurs invisibles demeures
Un pouvoir invisible enchaîne-t-il les vents ?
Les jours allongent-ils les heures
Pour doubler la course du temps ?

Rien n'est changé; rien. La nature
Pour nous ne suspend point ses lois;
Les étés ont leurs feux, les hivers leur froidure,
La tempête sa voix.
Mais, se dégageant des entraves
Qui rendaient ses pas chancelants,
Opposant son génie aux coups des élements,
A force de combats l'homme a fait des esclaves
De ses formidables tyrans.

Cette mer en fureur, sublime et sombre image
Du choc des éléments au sortir du cahos,
Cette mer qui mugit sous le fouet de l'orage,
Ne glace plus d'effroi le cœur des matelots.
Sur les flots révoltés conservant son empire,
Le hardi nautonnier, debout sur son navire,
    Semble commander au destin,
    Et sur les ailes des tempêtes,
    Poursuivant son noble dessein,
A tout peuple nouveau placé sur son chemin
    Il jette en passant les conquêtes,
    Ouvrage de l'esprit humain.

    La Vapeur, magique puissance,
Nouvel et ferme appui du progrès social,
    Dans le port joue et se balance,
    Attentive au premier signal.
    Messagère de la pensée,
Sur ses ailes de feu tout à coup élancée,
Elle part, vole; et, dans tous les climats,
    Depuis ceux que l'aurore
    A son réveil colore,
Jusqu'aux pôles durcis par d'éternels frimats

Qu'une sombre nuit enveloppe,
Elle porte les mœurs, le génie et la foi,
L'industrie et les arts, le commerce, la loi,
Et le langage de l'Europe.

Telle aussi, messagère, on voit l'aile des vents,
Aux bords de l'antique Idumée,
Se charger des riches présents
Qu'exhale avec amour cette terre embaumée,
Et, ployant sous le faix de suaves odeurs,
Laisser, au loin, sur son passage,
Tomber de ce fertile et fortuné rivage
Le germe et le parfum des fleurs.

Vous, amants de toutes les gloires
Qui s'attachent au nom français,
Avez-vous compté les victoires
Que la France doit à la paix?
Avez-vous, d'un regard avide,
Sur les rails où rien ne les guide
Suivi la course de nos chars?

Avez-vous contemplé, dans ces vastes bazars,
  Au sein même de la patrie,
  Les prodiges de l'industrie
  Et tous les chefs-d'œuvre des arts?

  Ces produits, richesses immenses,
  Triomphes éclatants et partout répétés
  De toutes les intelligences
  Et de toutes les volontés,
Demain, sans redouter de sanglantes défaites,
Sur des bords étrangers précéderont nos lois,
Et pour nous feront plus que n'ont fait nos conquêtes
  Et tous nos fabuleux exploits !

Demain, tous ces trésors que le génie enfante,
  Portés sur la vague écumante,
  Franchissant d'un bond l'équateur,
  Des peuples de l'Océanie
  Iront éveiller le génie,
  Sur les pas du navigateur.

Cette simple charrue, acier triangulaire
Qu'aux enfants de Cécrops une divinité
  Donna pour féconder la terre
  Et pour nourrir l'humanité,
  Remise dans la main sauvage.
Des peuples du désert attirés sur la plage
  Par l'éclat de vos pavillons,
Sur une terre inculte, encor hier inconnue,
  Demain cette charrue
  Tracera des sillons !

  Exhumez les héros d'Homère !
  Suivez-les luttant sur les flots,
  Et comparez, sur l'onde amère,
  A la marche de leurs galères
  La vitesse de nos vaisseaux !

Ulysse, demi-dieu, conjurant la tempête
  Sourde à son invocation,
Pour regagner Ithaque au retour d'Ilion,
  Parcourt dix ans la mer de Crète
Après mille périls, intrépide nocher.

5

Sortant enfin d'un lac d'Europe,
    L'époux de Pénéloppe
    Aborde son rocher !
Et, de nos jours, trois fois à peine
Les coursiers du soleil, haletants, hors d'haleine
    Des cieux ont traversé la plaine
En emportant le Dieu sur son char de rubis,
Que déjà nos vaisseaux que la vapeur entraîne,
    Ont touché la rive africaine,
    Visité Carthage ou Memphis!!...

    Dans son impétueuse audace
L'homme voit devant lui tous les chemins ouverts;
    Pour lui la distance s'efface;
La vapeur, à ses yeux, rétrécit l'univers,
Et, d'un pas de géant, il semble, dans sa course,
Fouler, en même temps, et les glaces de l'Ourse
    Et le sol brûlant des déserts.

Au jeune et noble enfant, aiglon qui bat des ailes,
    Que reste-t-il à découvrir?
Pour planter son drapeau sur des terres nouvelles

De quel côté doit-il courir ?
Où chercher désormais cette immortelle gloire ?
Aux grands noms que proclame ou le siècle, ou l'histoire
    Comment ajouter un grand nom ?
    Désormais quel nouveau Colomb,
    Pour prix de son mâle courage,
    Posant le pied sur le rivage
    Où tendaient ses nobles efforts,
    Osera s'écrier et dire :
    Je suis le roi de cet empire,
    Le premier j'en touche les bords ?

Existe-il encor quelque plage lointaine
Où déjà le progrès, dans son rapide vol,
N'ait imprimé le sceau de la raison humaine,
    Ou dont sa tiède haleine
    N'ait réchauffé le sol ?

Foyer toujours ardent que le génie allume,
Phare immense, pareil à l'astre radieux
Qu'une éternelle main suspendit dans les cieux,
    Foyer où rien ne se consume ;

Le progrès sous ses lois range les nations;
L'esclave, il l'ennoblit; la terre, il la féconde;
Image du soleil, il lance ses rayons
    Aux deux extrémités du monde.

Sous le ciel du Mexique, à l'ombre du palmier
Que laisse encor debout la hache du pionnier,
Sur ces lacs de verdure, ondoyantes savannes,
Champs de fleurs couronnés de berceaux de lianes
Où la voix de l'airain en grondant l'exila,
L'Indien s'attendrit aux malheurs d'Atala.

Dans ces lieux désolés que la glace environne,
Déserts où la pensée en s'égarant frissonne;
Sous ces climats brumeux où la nature en deuil
Pleure, silencieuse, assise sur le seuil
D'un vieux monde qu'elle abandonne;
Sur ces bords où, tournant sur ces larges essieux,
La terre s'applatit, et s'abaissent les cieux.
Où le barde, jadis, au souffle des orages
Suivait l'ame des preux errant sur les nuages;
    Aujourd'hui les enfants d'Odin,

Courbés sous une loi divine,
Le soir, près du foyer où brûle la résine,
Comme un hymne pieux, œuvre d'un séraphin,
Chantent les vers de Lamartine.

Sur les pas du progrès marche la vérité,
Celle que Jéhovah, par la voie de Moïse,
Aux bords de la terre promise
Annonçait à l'humanité.

Pieux et saints missionnaires,
Seuls, à pied, sans secours, pauvres, mourant de faim,
Les disciples du Christ, soldats humanitaires,
A travers les deux hémisphères,
Ont su se frayer un chemin.
Si rude est le combat, douce est la récompense;
Ils l'attendent du ciel ! Guidés par l'espérance
Et par le flambeau de la foi,
Au culte de l'idée ils rappellent la terre,
Et du Dieu qui suspend ou lance le tonnerre
Ils enseignent la loi.

Fort contre les périls et les tourments qu'il brave,
Marchant droit devant lui, l'apôtre du Seigneur
Attaque dans sa source ou le vice ou l'erreur,
Et de la même voix qu'il console l'esclave,
        Il intimide l'oppresseur.

En tous lieux de ses pieds on reconnaît l'empreinte;
        Partout grandit son œuvre sainte,
        Cette œuvre du progrès moral,
Et des rives du Gange aux bords du Sénégal
L'homme prête partout l'oreille à son langage;
        Partout, sur son divin passage,
        Croulent les autels de Baal.
        Jusqu'aux déserts de la Corée
        L'étendard de la foi s'élève radieux,
Et le Tartare même, abjurant ses faux dieux,
Courbé devant la croix, lit la Bible sacrée !

L'univers est en marche... Avenir, c'est à toi
        Que désormais ma voix s'adresse;
De mes yeux fatigués viens aider la faiblesse,
        Avenir, réponds-moi ?

Parle : cette secousse électrique, profonde,
Ce mouvement rapide et ce sublime essor
Qu'une invisible main semble imprimer au monde
      Se·prolongeront-ils encor ?
Si brillante aujourd'hui, cette route nouvelle
Où le siècle, suivi des peuples qu'il appelle,
S'avance plein de force et plein de majesté,
      Cette route nous conduit-elle
      Au bonheur par la liberté ?

Ces mers aux flots d'azur scintillant de lumière,
Océan de progrès que parcourt, vent arrière,
      Le vaisseau de l'humanité,
Auront-elles pour nous un port exempt d'orage,
      Où, pilotes, marins, soldats et passagers,
Puissent sans crainte, un jour, côtoyer le rivage,
      Et s'y reposer sans dangers ?...

L'avenir me répond : — Douce et mélodieuse
      Sa voix s'élève, je l'entends;
      Elle glisse mystérieuse
      Sur la couche silencieuse

Où dorment encore les temps.

Tandis qu'autour de moi tout repose ou sommeille,
S'échappant du sein de la nuit
Cette voix, lentement vient frapper mon oreille,
Comme un écho lointain que la nature éveille,
Ou qu'un souffle de Dieu produit.
Le présent disparaît, l'avenir seul m'inspire.
Sur le ton de l'oracle il a monté ma lyre.
Il est là, brillant de clartés !
Le voile qui le couvre à mes yeux se déchire,
Je prédis : silence ! écoutez !!!

Messagères que rien ne lasse,
Assises sur un char de feu,
La Presse et la Vapeur ont dévoré l'espace;
Comme des envoyés de Dieu !
Devant elles, l'indépendance,
Sainte fille du ciel, arbore son drapeau;
Du progrès social et de l'intelligence,
Sur ce vaste univers soumis à leur puissance,
Elles promènent le niveau.

Plus d'esclaves brisés, à la chair palpitante,
  Sous la verge ignoble et sanglante
  Dont un barbare arme ses mains;
Plus d'oppresseurs cruels, imbécilles et vains!
  Plus d'empires, plus de frontiéres!
  Hommes libres, libres chemins!
  Plus de vestiges des barrières
  Qui parquaient jadis les humains !

Un spectacle sublime est offert à la terre;
D'un fraternel amour les hommes sont épris;
Ils brisent dans leurs mains les armes de la guerre,
Et sur l'autel sacré de la paix tutélaire
  Ils en suspendent les débris.

Aprés une orageuse et pénible existence,
Les peuples ont conquis, par leur sage constance,
  Des lois dignes de leurs vertus,
  Une liberté sans licence,
Dont la main héroïque étouffe, à leur naissance,
  Et les César et les Brutus.

Comme au jour du départ, ils n'ont plus qu'un langage.
  Ils n'ont plus qu'un Dieu, l'éternel;
  Ils l'adorent dans son ouvrage,
L'univers est son temple, et pour lui rendre hommage
  Leur cœur est le plus saint autel.

Ces peuples, quels sont-ils? Leurs noms, je les ignore;
Une seule famille est présente à mes yeux.
Le globe est sa patrie, et ce monde si vieux
Par la marche du temps remonte à son aurore!...

Ainsi, plein de grandeur, l'univers s'offre à moi!
Une famille immense, un langage, une foi,
  Une loi sainte et fraternelle!
Ainsi, dans son essor, la pensée immortelle
Conduit l'homme au bonheur : l'univers est chrétien.
  Et Dieu, le couvrant de son aile,
  Du sein de sa gloire éternelle
  Dit à l'homme : *C'est bien!!!*

www.ingramcontent.com/pod-product-compliance
Lightning Source LLC
Chambersburg PA
CBHW070817260626
47161CB00006B/2317